L'ANGLOIS

A BORDEAUX;

COMEDIE

EN UN ACTE ET EN VERS LIBRES;

Par le Sr. FAVART:

Repréfentée pour la premiere fois par les Comédiens François Ordinaires du Roi, le Lundi 14 Mars 1763.

Le prix eft de 24 fols avec la Mufique.

A PARIS,
Chez DUCHESNE, Libraire, rue Saint Jacques,
au-deffous de la Fontaine Saint Benoît,
au Temple du Goût.

M. DCC. LXIII.

Avec Approbation & Privilége du Roi.

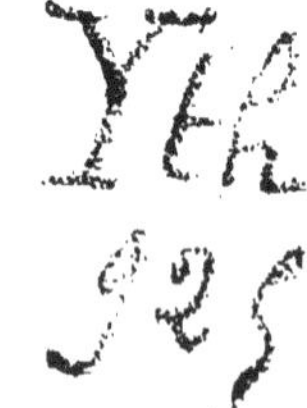

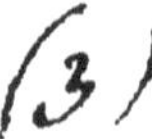

ACTEURS.

DARMANT,   M. Molé.

LA MARQUISE DE FLORICOURT,
Sœur de Darmant ,   Mlle. Dangeville.

BRUMTON,   M. Belcourt.

CLARICE , *Fille de Brumton ,*   Mlle. Hus.

SUDMER , *Ami de Brumton ,*   Mr. Préville.

ROBINSON , *Valet du*
Milord ,   M. Armand.

UN AUTRE VALET.

UN BORDELOIS.

*La Scene est à Bordeaux dans la maison
de Darmant.*

L'ANGLOIS

A BORDEAUX,

COMÉDIE.

SCENE PREMIERE.

DARMANT, LA MARQUISE DE FLORICOURT.

LA MARQUISE.

E vous renonce pour mon frere.
Toujours pensif ! rien ne vous rit !
Vos prisonniers Anglois vous ont
gâté l'esprit ;
Vous n'êtes occupé que du soin de leur plaire ;
Votre Milord Brumton vous rend atrabilaire.

A ij

DARMANT.

Ma sœur , je suis piqué ; mais piqué jusqu'au vif ;
L'amitié du Mylord me seroit précieuse ,
En tout , pour la gagner , on me voit attentif ;
    Mais sa fierté superbe & dédaigneuse
Rejette mes secours , s'indigne de mes soins ,
    Il aime mieux s'exposer aux besoins ,
      Rendre sa fille malheureuse :
      Il croit son honneur avili ,
S'il accepte un bienfait des mains d'un ennemi.

LA MARQUISE.

Mais, mon frere, en cherchant à lui rendre service,
Ne songeriez-vous point à sa fille Clarice ?
Cette Angloise est charmante !

DARMANT.

      Epargnez-moi , ma sœur ;
Et ne déchirez point le voile de mon cœur ,
Si l'on me soupçonnoit … il est vrai , je l'adore.
Je veux me le cacher , je veux qu'elle l'ignore :
L'amour dégraderoit la générosité.

LA MARQUISE.

    Qui vous fait donc agir ?

DARMANT.

      L'humanité.
J'ai plongé dans la peine une noble Famille.
Qu'une guerre fatale entraîne de regrets !
Brumton part de Dublin pour Londre , avec sa
    fille ;
Il embarque avec lui ses plus riches effets.

La Frégate que je commande,
Croifant fur les côtes d'Irlande ,
Rencontre fon vaiffeau , l'atteint & le combat.
    Brumton , qu'aucun danger n'allarme ,
Soutient notre abordage & montre avec éclat
L'activité d'un Chef & l'ardeur d'un foldat ;
Il fond fur moi , me bleffe & ma main le défarme,
Il veut braver la mort , je prends foins de fes jours.
A l'Ennemi vaincu , l'honneur doit des fecours.

LA MARQUISE.

Fort bien , mon frere.

DARMANT.

    Enfin , nous avons l'avantage ,
Son vaiffeau coule à fond , & l'on n'a que le tems
De fauver fur mon bord les gens de l'équipage.
Je réviens à Bordeaux , où mes foins vigilans
De ces infortunés foulagent la mifere ;
Mais Brumton fe refufe à mes empreffemens.

LA MARQUISE.

Moi , j'aime affez ce caractere.
    Il eft brufque … mais il eft franc.
Sa fierté qui paroît choquer la politeffe ,
    Releve en lui l'air de nobleffe
    D'un homme qui foutient fon rang.
Si fon maintien eft froid…… fes yeux ont de la
    flamme ;
    Et je lui crois une belle ame.
Il n'a pas quarante ans cet homme ?

DARMANT.

                    Tout au plus.

LA MARQUISE.

Devenez fon ami.

DARMANT.

Mes foins font fuperflus :
Ses principes outrés d'honneur patriotique ,
Sa façon de penfer qu'il croit Philofophique ,
Sa haine contre les François ,
Tout met une barriere entre nous pour jamais.

LA MARQUISE.

Je prétends la brifer: oui vous pouvez m'en croire.
Pour vous, pour moi , pour notre gloire
Il reviendra de fa prévention.
Il s'agit de l'honneur de notre Nation.
Nous verrons donc ce Philofophe ;
Et s'il veut raifonner, c'eft moi qui l'apoftrophe.
Je philofophe auffi , quand je veux , tout au mieux.

DARMANT.

Plaifantez-vous ?

LA MARQUISE.

Moi ? point du tout mon frere ,
Et cela devient férieux.
Allez , allez , laiffez-moi faire.
Doutez-vous des talens que j'ai ?
Par un ridicule contraire ,
Un ridicule eft fouvent corrigé.
Vous voyez bien que je me rends juftice ;
J'entreprends le Mylord, vous pourfuivez Clarice:
Il eft honteux pour vous, pour un François ,
D'aimer fans efpoir de fuccès ;

Cependant, obligez le Mylord en silence,
Et cherchez des moyens secrets.

DARMANT.

J'ai déjà commencé ; mais n'en parlez jamais ;
D'un bienfait divulgué , l'amour-propre s'offense
Le valet Robinson est dans mes intérêts ;
Par son moyen, son Maître a touché quelques
    sommes
Sous le nom supposé d'un Patriote Anglois.

LA MARQUISE.

Voilà comme il faudroit toujours tromper les
    hommes.

DARMANT.

J'apperçois Robinson ; viens-çà.

SCENE II.

DARMANT, ROBINSON, LA MARQUISE.

ROBINSON.

BOn jour , Monſieur ;
Bon jour , Madame. Ah ! le bon frere
Que vous avez-là ! le bon cœur !
Sans lui nous étions morts , j'eſpere.

DARMANT.

Paix ! je t'ai défendu ...

ROBINSON.

Quel François obligeant !
Brave homme , toujours prêt à donner de l'argent ;
Il eſt notre unique reſſource.
Je crois toujours lui voir ouvrir ſa bourſe ,
En me diſant , tiens Robinſon ,
Prends , mon ami , prends ſans façon.

DARMANT , *lui donne de l'argent.*

Prends donc & te tais,

ROBINSON.

Oh ! je n'ai garde de dire ...

LA MARQUISE.

Que fait ton Maître ?

ROBINSON.

Il penfe.

DARMANT.

Et Clarice ?

ROBINSON.

Soupire.

LA MARQUISE.

Penfer , foupirer ! pauvres gens !
C'eft fort bien employer le temps.

ROBINSON.

Clarice s'amufoit à lire
Un de ces beaux Romans qu'on fabrique à Paris :
Tout en rêvant, s'eft approché mon Maître :
Un ouvrage François ! dit-il, d'un air furpris ;
Et le Roman vole par la fenêtre.

LA MARQUISE.

Cet homme a l'efprit jufte.

ROBINSON.

» Occupez-vous de Lock ,
» Ma fille; lifez Clark, Swift, Newton, Bolingbrok.
» Songez que vous êtes Angloife :
» Apprenez à penfer.... Puis ayant dit ces mots,
Il s'enfonce dans une chaife ,
Pour réfléchir plus à fon aife ,
En décidant que vous êtes des fots.

LA MARQUISE.

Cet homme eft fingulier.

ROBINSON.

C'eſt la vérité pure;

Et je n'ajoute rien , Madame , je vous jure.

LA MARQUISE.

Mais quelquefois , Mylord t'a-t-il parlé de moi?

ROBINSON.

Toujours beaucoup ; il dit , Madame...

LA MARQUISE.

Quoi ?

ROBINSON.

Il dit qu'il vous trouve bien folle ,
Et que c'eſt grand dommage.

LA MARQUISE.

Bon !

Je conclus ſur celá que mon eſprit frivole
Va lui faire entendre raiſon.

DARMANT.

Que penſe-t-il de la lettre de change ?

ROBINSON.

Il la croit véritable & n'y voit rien d'étrange.

DARMANT.

Elle eſt bonne en effet ; c'eſt de l'argent comptant·

ROBINSON.

Pour en toucher la ſomme , il m'envoye à l'inſtant.

DARMANT.

Vas donc chez mon Banquier ; mais que chacun
ignore....

ROBINSON.

Ne craignez rien , j'ai fait paſſer encore
L'effet ſous le nom de Sudmer,
Négociant de Londre & ſon ami très-cher :
Mon Maître convaincu qu'il lui doit ce ſervice ,
Hâtera le moment de lui donner Clarice.

DARMANT.

Clarice à Sudmer ?

ROBINSON.

Oui. Monſieur tout à la fois ;
Au lieu d'une perſonne en obligera trois,
Et Clarice ſur-tout qui deviendra la femme...

DARMANT.

C'en eſt aſſez , va-t'en. (*A part.*) Quel coup fatal !

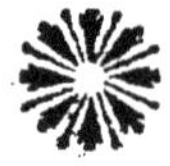

SCENE III.

LA MARQUISE, DARMANT.

LA MARQUISE.

COMMENT ! vous travailliez au bonheur d'un
        Rival ?
Mais rien n'eſt ſi plaiſant.

DARMANT.

                Raffermiſſez mon ame,
Je crains de me trahir , & je dois réſiſter.
Je ſuis impétueux , je me laiſſe emporter ;
Et vous ſentez trop bien qu'il faut cacher ma
        flamme.

LA MARQUISE.

Qu'elle éclate plûtôt , livrez-vous à l'eſpoir.
Quel eſt donc ce Sudmer ? Pour entrer en balance
Avec les agrémens que vous pouvez avoir ?
        Vous méritez la préférence ,
        Le don de plaire eſt votre lot ,
L'excès de modeſtie eſt défaut à votre âge,
Soyez plus confiant, plus François en un mot :
        Faites ſentir un peu votre avantage.

DARMANT.

Qui s'éleve eſt un fat.

LA MARQUISE.

        Qui s'abbaiſſe eſt un ſot.

Cette délicatesse à la fin peut vous nuire,
Et vous avez besoin de vous laisser conduire.
Feu mon mari, le Marquis Floricourt
Qui passoit pour un agréable,
Me consultoit pour être aimable :
Je l'ai rendu l'homme du jour;
Ainsi par mes conseils ....

DARMANT.

Souffrez que je m'en passe.
Tout ce que je demande est un profond secret.

LA MARQUISE.

Eh ! bien, on se taira, Monsieur l'Amant discret,
Je vous livre à vous-même.

DARMANT.

Oui, faites-m'en la grace,
Tout espoir m'est ravi.

LA MARQUISE.

Clarice vient à nous.

SCENE IV.

DARMANT, LA MARQUISE, CLARICE.

CLARICE.

Madame, j'ai recours à vous.
Mon pere s'abandonne à la mélancolie.
Tout lui déplaît, l'inquiette, l'ennuie.
Hélas! rendez son fort plus doux.

LA MARQUISE.

Qui? Moi? très-volontiers.

DARMANT.

O Ciel! que faut-il faire?
Parlez.

CLARICE.

Je n'en sçais rien; mais cependant j'espere.
Tantôt plongé dans un chagrin mortel,
Il vous entend de la salle voisine,
Jouer au Clavecin un Concerto d'Indel,
Et je vois éclaircir l'humeur qui le domine;
Il écoute, il admire, & vos savans accords
Sont comme autant de traits de flamme.
Notre Musique Angloise excite ses transports:
Pour la premiere fois, je vois ici, Madame,
Le plaisir dans ses yeux & le jour dans son ame.

DARMANT.

Ma sœur, ma sœur, courez au Clavecin.

LA MARQUISE.

Monsieur Darmant, il n'est pas nécessaire:
Suivez votre projet; pour moi, j'ai mon dessein.
Adieu. Qu'il est nigaud! mais c'est pourtant mon
frere.

SCENE V.
CLARICE, DARMANT.

DARMANT.

Restez, belle Clarice ; ah ! que vous m'êtes
chere !

CLARICE, *avec fierté.*

Moi, Monsieur ?

DARMANT.

Oui, vous, par l'attachement
Que vous montrez pour un si digne pere.
Je l'estime, je le révere.

CLARICE.

Il le mérite.

DARMANT.

Assurément ;
Mais toujours à mes vœux le verrai-je contraire ?

CLARICE.

Vos vœux ? je ne vois pas que ce soit son affaire.

DARMANT, *avec ardeur.*

Ah ! l'amour ! . . .

CLARICE, *fierement.*

Quoi, Monsieur ?

DARMANT, *se moderant.*

L'amour propre blessé

Devrait gémir dans mon cœur offenſé,
Des efforts impuiſſants que j'ai faits pour lui plaire.

CLARICE.

Votre dépit s'exprime vivement.

DARMANT, *à part.*

Je ne m'obſerve pas.

CLARICE.

Eſt-il quelque myſtere ?

DARMANT.

Quelque myſtere ? Nullement ;
Mais je ſais que Mylord me hait & me déteſte
Vous partagez ce cruel ſentiment ?

CLARICE.

La haine ! ah ! c'eſt, je crois, le plus cruel tour-
ment ;
Et mon cœur n'eſt point fait pour cet état funeſte.
(*A part.*) Je devrais fuir l'amour également.
Monſieur, croyez-vous que j'approuve
Ces injuſtes préventions
Qui diviſent nos nations ?
J'honore la vertu partout où je la trouve.

DARMANT, *vivement.*

Oui, la vertu ; vous l'inſpirez,
Et votre Pere auſſi : c'eſt vous qui la parez,
Vous la repréſentez affable & circonſpecte ;
Elle a pris tous vos traits, afin qu'on la reſpecte.
J'ai, pour ſervir l'Etat, recherché de l'emploi ;
Avec ardeur j'ai déſiré la guerre,

Vos

Vos malheurs l'ont rendue un vrai fléau pour moi;
Et c'est depuis que je vous voi,
Que la paix me paroît le bonheur de la Terre.

CLARICE.

Je n'ai garde d'ajouter foi
A des paroles si flatteuses.
C'est votre stile à tous. Votre premiere loi
Est de nous prodiguer des louanges trompeuses.
L'art dangereux de la séduction
Est le trait principal qui vous caractérise ;
Cet art que chez nous on méprise ,
Fait partie , en ces lieux , de l'éducation :
Et cette fausseté que l'agrément déguise...

DARMANT.

Justement ; du Mylord voilà les préjugés ;
Vous n'imaginez pas combien vous m'affligez.
Votre air de dédain m'humilie
Plus que l'excès d'un vrai couroux.

CLARICE.

En critiquant votre patrie ,
Je voudrais que le trait ne portât point sur vous.

DARMANT.

Quoi ! vous m'excepteriez ?

CLARICE.

Non vraiment, je n'ai garde ;
Je voudrais seulement pouvoir vous excepter.

DARMANT.

Mais, de ma bonne foi, qui vous ferait douter ?
Peut-on n'être pas vrai, lorsque l'on vous regarde ?

B

CLARICE.

Ah ! vous reprenez le jargon !
De ce moment je vous laiſſe.

DARMANT.

Non, non

Encore un ſeul inſtant demeurez , je vous prie.

CLARICE.

J'y conſens ; mais ſurtout aucune flatterie.

DARMANT, *très-modérément.*

Eh ! bien, Clarice, je promets
Que je ne vous dirai jamais
Ces vérités qui vous déplaiſent.

(Avec une froideur contrainte.)

Il faut , à votre égard , que les déſirs ſe taiſent.
Vous leur impoſez trop,& mon deſſein n'eſt point...

CLARICE, *d'un air piqué.*

Ah! Monſieur , je vous rends juſtice ſur ce point.

DARMANT.

Vous avez bien raiſon, oui ; mais daignez m'entendre :
L'eſtime peut unir des eſprits oppoſés.

CLARICE.

Oui ; mais quand deux pays ſont auſſi diviſés ,
Il ne faut pas de ſentiment plus tendre.

DARMANT, *avec modération ; mais cette*
modération ſe perdant par degrés , mene à
la plus grande vivacité pour finir la tirade.

Auſſi n'en ai-je pas. Je dirai cependant
Que le cœur n'admet point un pays different.

C'eft la diverſité des mœurs, des caractères,
Qui fit imaginer chaque gouvernement ;
Les loix ſont des freins ſalutaires
Qu'il faut varier prudemment,
Suivant chaque climat, chaque temperament.
Ce ſont des regles néceſſaires,
Pour que l'on puiſſe adopter librement
Des vertus même involontaires ;
Mais ce qui tient au ſentiment,
N'a dans tous les pays qu'une loi, qu'un langage.
Tous les hommes également
S'accordent pour en faire uſage.
François, Anglois, Eſpagnol, Allemand
Vont audevant du nœud que le cœur leur dénote :
Ils ſont tous confondus par ce lien charmant,
Et quand on eſt ſenſible, on eſt compatriote.
Malheur à ceux qui penſent autrement.
Une ame ſeche, une ame dure
Devrait rentrer dans le néant ;
C'eſt aller contre l'ordre. Un être indifferent
Eſt une erreur de la Nature.

CLARICE, *avec vivacité.*

Il eſt bien vrai, Monſieur. . . .

DARMANT, *plus vivement encore.*

Ah ! Clarice !

CLARICE, *très-froidement.*

Il ſuffit.
Que voulez-vous prouver ? Que voulez-vous entendre ?

DARMANT.

Moi ! j'ai trop de reſpect, je n'ai rien à prétendre.

CLARICE, *à part.*

Me ferois-je trahie ?

DARMANT, *à part.*

O ciel ! j'en ai trop dit.

CLARICE.

Mais je crois que j'entends mon pere.

DARMANT.

Ma préfence

Pourroit l'importuner , & je dois l'éviter.
Je craindrais d'impatienter
Un fage, dont je veux gagner la confiance.

SCENE VI.

CLARICE, LE MYLORD.

LE MYLORD.

ON n'y faurait tenir : quel peuple ! quel pays!

CLARICE.

Qu'avez-vous donc encor, mon pere ?

LE MYLORD.

Je me fens tranfporté d'une jufte colere ;
Je ne vois que des jeux , je n'entends que des ris.
Chanteurs importuns ! doubles traîtres !
Avec leurs violons, leurs tambourins maudits,
Inceffamment, exprès , paffer fous mes fenêtres,
Pour me troubler dans mes ennuis.

Tous les jours des fauts, des gambades,
Et tous les foirs des férénades.
Quand pourrai-je fortir du cahos où je fuis ?

CLARICE.

Les François font gais par ufage :
De votre fombre humeur écartez le nuage.

LE MYLORD.

Tandis que la Difcorde en cent climats divers,
De tant d'infortunés écrafe les afiles,
    Le François chante ; on ne voit dans fes villes,
        Que feftins, jeux, bals & concerts.
Quel Dieu le fait jouir de ces deftins tranquilles ?
Dans le fein de la guerre, il goûte le repos ;
Sans peines, fans befoins & libre fous un Maître,
Le François eft heureux, & l'Anglois cherche à l'être.

CLARICE.

Vous pouvez l'être auffi.

LE MYLORD.

                    Ma fille, laiffez-moi,
J'ai befoin d'être feul.

CLARICE.

            Toujours feul ! & pourquoi…
(*Le Mylord fait un figne de la main,
    & Clarice fe retire.*)

SCENE VII.

LE MYLORD, *seul.*

JE me vois retenu chez un peuple frivole,
Qu'on ne peut définir. Plein d'amour pour son Roi,
Tout entier à l'honneur sa principale loi,
Fidèle à ses devoirs ; au plaisir son idole,
Des momens les plus chers il consacre l'emploi.

(Il s'assied, & après un moment de silence, il
jette les yeux sur une pendule.)

Tout ne présente ici qu'un luxe ridicule.
Quoi ! l'art a décoré jusqu'à cette pendule !
On couronne de fleurs l'interprete du tems,
Qui divise nos jours, & marque nos instans !
Tandis que tristement ce globe qui balance,
Me fait compter les pas de la mort qui s'avance :
Le François entraîné par de légers desirs,
Ne voit sur ce cadran qu'un cercle de plaisirs.
O ciel ! est-il tourment plus rude ?

(Un Valet du Mylord entre avec des sacs.)

Qui vient encore ici troubler ma solitude ?
Quoi ! toujours ! ah ! c'est de l'argent.
Je le reçois dans un besoin urgent ;
Des secours étrangers il m'épargne la honte.
Tu ne t'es pas trompé ? sans doute, j'ai mon compte ?

LE VALET.

Oui, Mylord.

LE MYLORD.

    Relifons la Lettre de Sudmer.
O généreux Anglois, que tu me deviens cher !

(Il lit.)

 » Mylord, vous devez avoir befoin d'argent
» dans la fituation où vous êtes ; je vous envoye
» une lettre de change de deux mille guinées. Je
» compte trop fur votre amitié pour ne pas être
» fûr que vous n'offenferez pas la mienne par un
» refus. Mon bras eft affez bien remis, je n'ai pas
» encore la liberté d'écrire moi-même ; ne me fai-
» tes point de réponfe, je m'embarque pour la
» Caroline, nous nous verrons à mon retour. «

(Après avoir lû, il dit :)

Les bienfaits de Darmant pour moi font une of-
   fenfe ;
Mais de ceux d'un ami l'on ne doit pas rougir;
Que mon fort eft heureux ! d'ici je vais fortir :
  Oh ! j'y mourrais d'impatience.
  Porte ces facs dans mon appartement ;
Et dis à Robinfon d'aller en diligence
  Chercher un autre logement,
 Pour vivre feuls dans l'ombre & le filence.

SCENE VIII.

LE MYLORD, ROBINSON; LA MARQUISE.

LA MARQUISE.

C'Est penſer merveilleuſement.
Vous voulez nous quitter : j'en décide autrement.
Vous paroiſſez ſurpris , Monſieur ?

LE MYLORD, *froidement.*

J'ai lieu de l'être.

LA MARQUISE.

Vous êtes un ſingulier être.
Quoi ! depuis un mois environ
Que vous logez dans la maiſon....;

LE MYLORD.

C'eſt à mon grand regret.

LA MARQUISE.

On ne peut vous connoître !
Quatre ou cinq fois, je vous ai vû paroître :
Quatre ou cinq fois,vous avez dit deux mots,
Encor placés mal à propos.

LE MYLORD.

J'en ai trop dit, Madame, & votre caractère
S'accorde mal , ſans doute, avec le mien.
Je craindrois d'ennuyer.

LA MARQUISE.

Il se pourroit très-bien ;
Mais pour se rapprocher, se convenir, se plaire,
Fort souvent, il ne faut qu'un rien.
Vous avez ce qu'il faut pour être un homme ai-
    mable,
Et vous vous efforcez pour être insoutenable !
Oh ! je vous entreprends...mais écoutez-moi donc,
Demeurez. Je le veux.

LE MYLORD.

Madame prend un ton...

LA MARQUISE.

Qui me convient, je suis femme & Françoise.

LE MYLORD, *regardant la Marquise*
avec un air d'intérêt.

Tant pis.

LA MARQUISE.

Tant mieux. Causons, Mylord, ne vous déplaise.

LE MYLORD.

Je parle peu.

LA MARQUISE.

Je parlerai pour vous,
Et vous me répondrez, si vous pouvez.

(*Retenant le Mylord qui veut s'en aller.*)

Tout doux !

LE MYLORD.

Je réponds mal.

LA MARQUISE.

Eh ! bien, tout à votre aise ;
On ne se gêne point chez nous.

En qualité d'homme qui penfe,
Je ne crois pourtant pas que Monfieur fe difpenfe
D'éclairer ma raifon , mon cœur & mon efprit :
Vous êtes Philofophe , à ce que l'on m'a dit :
　　　Communiquez un peu votre fcience.

LE MYLORD.

Je penfe pour moi feul.

LA MARQUISE.

　　　　　Ah ! quelle inconféquence !
　　　En vain le Sage réfléchit ,
Si la Société n'en tire aucun profit ;
On doit la cultiver pour elle , pour foi-même.
　　　Eh ! laiffez là vos fonges creux ;
La meilleure morale eft de fe rendre heureux.
On ne peut l'être feul avec votre fyftême.
Mon inftinct me le dit , & mon cœur encor mieux.
La chaîne des befoins rapproche tous les hommes ,
Le lien du plaifir les unit encor plus.
　　　Ces nœuds fi doux pour vous font-ils rompus ?
　　　Pour être heureux , foyez ce que nous fommes.

LE MYLORD.

O ciel ! à des travers on me verroit foumis !
Madame, excufez-moi ; mais vous m'avez permis...

LA MARQUISE.

　　　Eh ! oui, de tout mon cœur j'excufe ;
Ne nous ménagez pas , Monfieur , cela m'amufe.

LE MYLORD.

J'e dfuis charmé , Madame , & felon votre avis
Je dois me réformer ; devenir fociable ,
Renoncer au bon fens pour être un agréable.

LA MARQUISE.

Mais on gagne toujours à se rendre amusant.

LE MYLORD.

Suis-je fait pour être plaisant ?
Connaissez mieux l'Anglois , Madame ; son génie
Le porte à de plus grands objets.
Politique profond , occupé de projets ,
Il prétend à l'honneur d'éclairer sa patrie.
Le moindre Citoyen , attentif à ses droits ,
Voit les papiers publics , & régit l'Angleterre ;
Du Parlement compte les voix ,
Juge de l'équité des Loix ,
Prononce librement sur la paix ou la guerre ,
Pese les intérêts des Rois ,
Et , du fond d'un caffé , leur mesure la terre.

LA MARQUISE.

Vous êtes en cela plus plaisant mille fois :
Trop au-dessus de nous sont ces graves emplois.
Libres de tout soin inutile ,
Nos heureux Citoyens respirent le repos :
La surface des mers voit agiter ses flots ;
Mais la profonde arène est constante & tranquille.
Jouissez comme nous.

LE MYLORD.

Mais d'un si doux loisir
Quel est le fruit ?

LA MARQUISE.

Le plaisir.

LE MYLORD.

..... Le plaisir !

J'entends, & si je veux vous plaire,
Il faut, comme j'ai dit, changer de caractère,
Jouer le rôle fatiguant
D'un joli petit-maître, & d'un fat élégant.
Ah ! lorsque de penser on a pris l'habitude....

LA MARQUISE.

On est sot avec art, maussade avec étude.

LE MYLORD.

Il faut avoir l'esprit bien faux,
Pour se prêter à cette extravagance.

LA MARQUISE.

Je m'y prête bien, moi.

LE MYLORD.

La bonne conséquence

LA MARQUISE.

Si vous vous arrêtez à ces légers défauts,
Vous n'êtes pas au bout. La liste en est très ample,
Nous avons mille originaux.
Je pourois vous citer ... moi, Monsieur, par exem-
ple....

LE MYLORD.

Je ne m'attendois pas à cette bonne foi.

LA MARQUISE.

Je parois ridicule à vos yeux, je le voi ;
Mais, tout consideré, quel est le ridicule ?
Sous des traits différens dans le monde il circule ;
Mais, au fond, quel est-il ? une convention,
Un phantôme idéal, une prévention ;
Il n'éxista jamais aux yeux d'un homme sage :

Se variant au gré de chaque nation,
Le ridicule appartient à l'usage :
L'usage est pour les mœurs, les habits, le langage ;
Mais je ne vois point les rapports
Qu'il peut avoir avec notre ame.
L'homme est homme partout : si la vertu l'en-
flamme,
C'est mon héros, je laisse les dehors.
Quoi ! toujours notre esprit fantasque
Ne jugera jamais l'homme que sur le masque !
Nous avons des défauts, chaque peuple a les siens.
Pourquoi s'attacher à des riens ?
Eh ! oui, des riens, des miseres, vous dis-je,
Qui ne méritent pas d'exciter votre humeur ;
C'est d'un vice réel qu'il faut qu'on se corrige ,
Les écarts de l'esprit ne sont pas ceux du cœur.

LE MYLORD.

Comment ! vous êtes Philosophe !

LA MARQUISE, *gaiment.*

Moi ! je ne connois point les gens de cette étoffe
Ni ne veux les connoître, ils sont trop ennuyeux ;
Je cherche à m'amuser, cela me convient mieux.

LE MYLORD, *avec un peu d'humeur.*

Toujours l'amusement !

LA MARQUISE.

Oui, Mylord hypocondre,
Je pourrois censurer les usages de Londre,
Comme vous attaquez nos goûts ;
Mais je ris simplement & de vous & de nous.
Que les Anglois soient tristes, misanthropes,

Toujours avec nous contraſtés ,
Cela ne me fait rien ; leurs ſombres enveloppes
N'offuſquent point d'ailleurs leurs bonnes qualités.
Ils ſont francs , généreux , braves ; je les eſtime.

LE MYLORD , *avec chaleur.*

Quoi ! Vous eſtimez les Anglois ?

LA MARQUISE.

Aſſurément ! ils ont une ame magnanime ,
De l'honneur, des vertus, & je fais d'eux des traits...

LE MYLORD.

Vous me charmez.

LA MARQUISE , *à part.*

Bon , ſon humeur s'appaiſe.

LE MYLORD.

Comment donc , vous penſez ?

LA MARQUISE.

Qui ? Moi ? Je n'en fais rien.

LE MYLORD.

Ah ! vous me ſéduiriez ſi vous étiez Anglaiſe.
Je goûte dans votre entretien....

LA MARQUISE.

Je ne veux point penſer, Monſieur, c'eſt un ouvrage.
Ce que je dis , part de l'eſprit , du cœur ,
De l'ame , dans l'inſtant, en vous laiſſant l'honneur
D'une prétention qui ne convient qu'au Sage.

LE MYLORD , *prenant la main*
de la Marquiſe.

Vous en avez , Madame, un plus grand avantage.

LA MARQUISE.

Que faites-vous ? (*A part.*) Il est déconcerté.

LE MYLORD, *à part.*

Je demeure interdit ; je crois, en vérité,
Que mon cœur malgré moi...

LA MARQUISE, *à part.*

Cet essai m'encourage.
(*Haut.*) Mais je m'arrête ici, je pense qu'il est tard.

LE MYLORD, *l'arrêtant.*

Non, Madame.

LA MARQUISE.

Excusez, on m'attend autre part,
Pour arranger un ballet agréable ;
C'est pour ce soir qu'on doit le préparer.
Vous feriez un homme adorable,
Si vous vouliez y figurer.

LE MYLORD.

Vous vous moquez, je pense, ou c'est mal me
connoître.

LA MARQUISE.

Pourquoi me refuser quand vous pouvez en être ?
Cessez de chercher des raisons
Pour nourrir chaque jour votre mélancolie.
Vous pensez, & nous jouissons.
Laissez-là, croyez-moi, votre Philosophie.
Elle donne le spleene, elle endurcit les cœurs :
Notre gaité, que vous nommez folie,
Nuance notre esprit de riantes couleurs,
Par un charme qui se varie :

Elle orne la raifon, elle adoucit les mœurs ;
C'eft un printemps qui fait naître les fleurs
Sur les épines de la vie.

LE MYLORD, *à part.*

Je rifque trop à l'écouter,
Je ferai mieux de l'éviter.

(*On entend le fon des tambourins.*)
Qu'entends-je encor ! quel affreux tintamarre !

SCENE IX.

LE MYLORD, LA MARQUISE; UN BORDELOIS.

LE BORDELOIS.

MArquise, eh ! donc, nous allons répéter ?

LE MYLORD, *à part.*

Où fuir ?

LA MARQUISE.

N'allez pas nous quitter.

LE MYLORD.

Vous me ferez mourir.

LA MARQUISE.

Vous êtes bien bizarre.

LE BORDELOIS.

Lé Mylord eft des nôtres.

LA MARQUISE.

Oui.

Vraiment, je compte bien fur lui.

LE MYLORD.

Epargnez-moi, je vous fupplie.

LE BORDELOIS.

Monfé danfe lé munuet ?

LE MYLORD.

Eh ! je n'ai danfé de ma vie.

LE BORDELOIS.

En deux ou trois léçons nous vous rendrons parfait.

LE MYLORD.

Morbleu !

LA MARQUISE.

Diffimulez votre mifanthropie.

(Bas au Mylord.)   *(Au Bordelois.)*

Vous vous deshonorez. Allez, je vous rejoins.

SCENE X.

LE MYLORD, LA MARQUISE.

LA MARQUISE.

RENDEZ-VOUS digne de mes foins.
Une heure ou deux je veux bien faire treve ;
Après cela , je vous enleve.

C

Point de refus , ou bien vous me déplairiez fort ;
Je vous en avertis. Adieu mon cher Mylord.
Si nous extravaguons , le plaisir nous excuse :
Bien fou qui s'en afflige , heureux qui s'en amuse.

SCENE XI.

LE MYLORD , *seul.*

M'EN voilà quitte par bonheur.
Mais je ne devois pas lui marquer tant d'aigreur ;
 Car malgré son inconséquence ,
 Je m'apperçois qu'elle a bon cœur ,
 Et sans qu'elle y songe , elle pense.
Oui , je la jugeois mal , & je sens mon erreur.
Allons , allons , Mylord , il faut que tu t'appai-
  ses ;
Fais effort sur toi-même , & pardonne aux Fran-
  çoises.
 On peut s'y faire...Ah ! j'apperçois Darmant ,
  Et sa présence est un tourment.

SCENE XII.

LE MYLORD, DARMANT.

DARMANT.

MYLORD, je vous annonce une heureuse nou-
    velle.
C'est votre intérêt seul...

LE MYLORD.
    Abrégeons. Quelle est-elle ?

DARMANT.
Nous allons renvoyer des prisonniers Anglois
    Pour pareil nombre de François ;
Je vous ai fait, Mylord, comprendre dans l'é-
    change ;
J'ai tant sollicité...

LE MYLORD.
    Vous en ai-je prié ?

DARMANT.
Je cherche à vous servir.

LE MYLORD, *à part.*
    Cet homme est bien étrange !

DARMANT.
Quoi ! mon empressement....

LE MYLORD.
    M'a trop humilié :
Je ne veux rien devoir qu'à ma Nation même.
M'obliger malgré moi !

DARMANT.

Quoi ! toujours dans l'extrême ,
Vous ne prêtez à tout que de sombres couleurs !

LE MYLORD.

J'ai fait des dépêches pour Londre :
Si la fortune à mes vœux peut répondre ,
Je trouverai sans vous la fin de mes malheurs ;
Je reste en attendant.

DARMANT , *à part.*

Me voilà plus tranquille.
Avec regret je l'aurois vû partir.
(*Haut.*)
Ma maison est à vous.

LE MYLORD, *avec un soupir étouffé.*

Non , non ; j'en dois sortir.

DARMANT.

Pourquoi chercher un autre asile ?
Qui pourroit ici vous troubler ?
A-t-on manqué d'égards ?...

LE MYLORD.

C'est trop m'en accabler.

DARMANT.

Vous ne me rendez pas justice.
(*A part.*)
Auroit-il soupçonné mon amour pour Clarice ?
(*Haut.*)
Quelque nouveau sujet excite votre aigreur ?
Ah ! je sçais ce que c'est ; vous avez vû ma sœur.
Ses airs évaporés & sa tête légere. . . .

LE MYLORD.

(*A part.*) Veut-il interroger mon cœur?

DARMANT.

Oui, je conçois qu'elle a pû vous déplaire.

LE MYLORD.

A quoi bon votre fœur ? Je l'excufe aifément ;
Elle eft d'un fexe...

DARMANT.

   Oui, mais fon caractère...

LE MYLORD.

M'en fuis-je plaint ?

DARMANT.

    Non ; poliment...

LE MYLORD.

Je ne fuis point poli.

DARMANT.

   Sachez que fon fyftême
Eft de vous confoler, de vous rendre à vous-même.
Si je ne l'arrêtois, Monfieur, journellement
Vous feriez obfedé.

LE MYLORD.

   Monfieur, laiffez-la faire.

DARMANT.

Non, je lui vais défendre expreffément
De vous revoir.

LE MYLORD, *à part.*

   Ah ! quel acharnement !

DARMANT.

Je cours pour l'avertir...

LE MYLORD.
Il n'eſt pas néceſſaire.
DARMANT.
Mais je dois réprimer l'indiſcrette chaleur. ...
LE MYLORD.
Je ſais ce que j'en penſe, il ſuffit ; ſerviteur.
DARMANT.
Je n'ai qu'un mot, après quoi je vous laiſſe
J'aurois été jaloux d'avoir votre amitié ;
Mais je n'eſpere plus que votre haine ceſſe :
Du moins un peu d'eſtime, & je ſuis trop payé.
LE MYLORD.
Eh ! malgré moi, Monſieur, vous avez mon eſtime.
Je ſuis votre ennemi, mais ſans vous mépriſer.
Je ne ſuis point injuſte, & ne puis refuſer
Ce qui me paroit légitime.
Mais pour mon amitié, ne l'eſperez jamais.
Dans ces tems de diſcorde, entre Anglois & Fran-
çois,
Toute liaiſon eſt un crime :
De ſa patrie on doit prendre l'eſprit ;
Qui s'en écarte, la trahit.
DARMANT.
Imitez donc votre patrie ;
Et des préventions dont votre ame eſt nourrie,
Connoiſſez enfin les erreurs.
Nous allons voir ceſſer les fléaux de la guerre.
La paix doit réunir la France & l'Angleterre,
Et nous allons bientôt jouir de ſes douceurs.
LE MYLORD.
La paix ! la paix ! quelle chimere !
On ne peut jamais l'eſperer.
Des intérêts puiſſans doivent nous ſéparer.

SCENE XIII.

LE MYLORD, UN VALET.

UN VALET.

Mylord, un Anglois vous demande.

LE MYLORD.

Un Anglois ! un Anglois ! qu'il entre, & promptement.

SCENE XIV.

LE MYLORD, DARMANT, SUDMER.

SUDMER, *gaiment & avec vivacité.*

Vive, vive, Mylord ! ah ! quel heureux moment !
Je vous retrouve & ma joie est si grande...

LE MYLORD.

C'est vous, mon cher Sudmer !

SUDMER

   C'est moi, certainement.

DARMANT, *avec étonnement.*

Sudmer ! ah ! quel évenement !

SUDMER, *confiderant Darmant.*

    Mais c'eſt vous-même auſſi , je penſe.
C'eſt vous, voilà vos traits ; je rends grace au ha-
    zard.
Cher Mylord , attendez.

LE MYLORD.

            D'où vient donc cet écart ?

SUDMER.

Le premier des devoirs eſt la reconnoiſſance.
(*A Darmant.*)
Le ſort en cet inſtant a rempli mon eſpoir.

DARMANT.

Monſieur, je n'ai jamais eu l'honneur de vous voir.

SUDMER.

Je ſuis aſſez heureux , moi, pour vous reconnoître.

DARMANT.

Mais je n'ai point d'idée....

SUDMER.

            Aucune ?

DARMANT.

                Point du tout.

SUDMER.

Je ne me trompe point ; & j'y crois encore être.

LE MYLORD.

(*A part.*) Cet accueil n'eſt pas de mon goût.
                (*Darmant veut ſe retirer.*)

SUDMER.

Ne vous en allez pas.

DARMANT.

Mais je dois par prudence...

SUDMER.

Vous n'êtes pas de trop, cedez à mon inftance,
Et fongez que mes fentimens...

(Au Mylord, en lui montrant Darmant.)

C'eft un homme des plus charmans,
C'eft un homme d'efpece unique.

LE MYLORD.

Charmant! charmant! parbleu, pour des êtres pen-
fans,
Voilà, fans doute, un beau panégyrique!

SUDMER.

Qu'entendez-vous ?

LE MYLORD.

Cela s'entend fans qu'on l'explique.
Un homme n'eft jamais charmant en bonne part,
Et lorfqu'à la raifon on veut avoir égard....

SUDMER.

Je ne vois point à quoi cela s'applique.

(A Darmant.)

Remettez-vous auffi mes traits;
Rappellez-vous que je vous dois la vie.
Vous changeates pour moi la fortune ennemie.

(Montrant fon cœur.)

Voilà le livre où font écrits tous les bienfaits.
Vous êtes mon ami, du moins je fuis le vôtre;
C'eft par vos procédés que vous m'avez lié.
Je m'en fouviens, vous l'avez oublié :

Nous faifons notre change en cela l'un & l'autre.

DARMANT.

Mais vous vous méprenez, Monfieur.

SUDMER.

Moi, point du tout ; moi, jamais me méprendre,
Quand la reconnoiffance en moi fe fait entendre,
          Et m'offre mon libérateur.
    Le fentiment me donne des lumieres ;
        Pour reconnoître un bienfaiteur,
      Les yeux ne font point néceffaires :
    Je fuis toujours averti par mon cœur.

DARMANT.

Ah ! je vois à peu près ce que vous voulez dire.

LE MYLORD.

Moi, je ne le vois pas.

SUDMER.

                    Je vais vous en inftruire.
Nous devons publier les belles actions :
Je montois un vaiffeau de trente-huit canons,
Je fus, près d'une côte, accueilli d'un orage,
        Terrible, violent beaucoup :
        J'étois prêt à faire naufrage,
Et les François avoient de quoi faire un beau coup.
      Auffi, Monfieur, en homme fage,
      Lorfque les vents furent calmés,
    En tira-t-il un très-grand avantage ;
    Et nous voyant démâtés, défarmés,
» Je pourrois, me dit-il, prendre votre équipage ;
» Mais, pour en profiter, je fuis trop généreux ;
» On n'eft plus ennemi lorfqu'on eft malheureux.

Bref, il me foulagea, m'obligea de fa bourfe,
Me rendit mes effets avec la liberté :
Les bienfaits, de fon cœur, couloient comme une
  fource.
Peut-on trop admirer fa générofité ?

LE MYLORD, *avec humeur.*

Tout bienfait, avec lui, porte fa récompenfe ;
On agit pour foi-même en agiffant ainfi.
 (*Bas à Sudmer.*)
  Je fuis forcé de l'admirer auffi :
  Mais fans tirer à conféquence.

DARMANT.

Jugez la Nation avec plus d'équité.
Comme François, mon premier appanage
  Confifte dans l'humanité.
Mes ennemis font-ils dans la profperité :
  Je les combats avec courage.
  Tombent-ils dans l'adverfité :
  Ils font hommes, je les foulage.

SUDMER.

Eh ! c'eft ainfi qu'on penfe avec un cœur loyal.
Je ne décide point entre Rome & Carthage :
  Soyons humains ; voilà le principal.

LE MYLORD.

Vous n'êtes pas Anglois.

SUDMER.

    Je fuis plus ; je fuis homme.
Qu'avez-vous contre lui ? Cette froideur m'af-
 fomme :
  Efclave né d'un goût national,
  Vous êtes toujours partial.

    N'admettez plus des maximes contraires ;
    Et , comme moi , voyez d'un œil égal
    Tous les hommes qui font vos freres.
J'ai détefté toujours un préjugé fatal.
Quoi ! parce qu'on habite un autre coin de terre ,
Il faut fe déchirer , & fe faire la guerre !
    Tendons tous au bien général.
    Crois moi , Mylord , j'ai parcouru le Monde.
    Je ne connois fur la machine ronde
    Rien que deux peuples differens ;
Savoir , les hommes bons & les hommes mé-
    chans.
    Je trouve partout ma patrie
    Où je trouve d'honnêtes gens ;
    En Cochinchine , en Barbarie ,
Chez les Sauvages même : allons , foyons unis ;
    Embraffons-nous comme trois bons amis.
(*A Darmant.*)
Vous ferez de ma nôce , au moins ?

        DARMANT.
            Quoi ?
        SUDMER.
                Je l'exige.
Je yais me marier avec un vrai prodige ,
Fille aimable , dit-on , & qui me plaira fort :
Je m'apprête à l'aimer. Quoi ! cela vous afflige ?

        DARMANT.
    Moi , je partage votre fort.

        SUDMER.
    Point de partage , je vous prie ,
    Surtout fi la fille eft jolie.

DARMANT.

Je refpecte les nœuds dont vous ferez unis.

LE MYLORD.

Ma fille, de ce mariage,
Sans doute, fentira le prix ;
Je vais, fans tarder d'avantage,
La préparer, en des inftans fi doux,
Sur l'honneur qu'elle aura de s'unir avec vous.

SCENE XV.

SUDMER, DARMANT.

SUDMER.

VOus connoiffez l'objet qu'on me deftine ?
Hein ? Mais, mon cher François, qu'eft-ce qui
vous chagrine ?
Morbleu ! feriez-vous mon rival ?
Comment ? Cela m'eft bien égal ;
Mais je veux favoir tout à l'heure...

DARMANT.

Monfieur, fur ce fujet ne m'interrogez point.

SUDMER.

Ma future chez vous demeure,
Et je veux m'éclaircir d'un point.

DARMANT.

Monfieur, quoi qu'il en foit, vous n'avez rien à
craindre.

Clarice eſt adorable , & je pourrois l'aimer ,
Sans que vous euſſiez à vous plaindre.
(*A part.*) Tâchons encor de me calmer.

SUDMER.

Cependant je remarque un trouble.
Hein ? Parlez , hein ? Son embarras redouble.

DARMANT.

C'en eſt aſſez. Adieu , Monſieur.
Jouiſſez de votre bonheur ,
Et de mes ſentimens n'ayez aucun ombrage.
On peut aimer Clarice, on peut s'en faire honneur :
Je ne vous dis rien d'avantage.

SCENE XVI.

SUDMER, *feul.*

C'Eſt parler fierement ; je prétends découvrir...
J'ai des ſoupçons qu'il faut que j'éclairciſſe.
Ah ! j'apperçois Mylord , & ſans doute Clarice.
Examinons un peu comme je dois agir.
On ne m'a point trompé : je la trouve fort belle ,
Belle certainement !

SCENE XVII.

LE MYLORD, CLARICE, SUDMER.

SUDMER.

Bon jour, Mademoiselle.
Je suis Sudmer pour vous servir,
Et je viens remplir votre attente ;
Oui, oui, ma belle enfant, je vous épouserai ;
Je dis plus, je sens bien que je vous aimerai :
(Au Mylord.)
Autrement j'aurois tort. Je la trouve charmante.

CLARICE.

Monsieur.

SUDMER.

Reste à savoir si je vous conviendrai.
M'aimerez-vous aussi ?

CLARICE.

Mais, Monsieur, je l'espere.
Les volontés du Mylord sont des loix.
La générosité de votre caractère,
Vos nobles procédés font honneur à son choix ;
Et les vertus, sur mon cœur, ont des droits
Préférables à l'amour même.
Lorsque de la raison on écoute la voix,
On estime du moins en attendant qu'on aime.

SUDMER.

Oh ! je suis votre serviteur.

En attendant ! c'eſt bon pour qui pourroit at-
     tendre.
Mylord, je ſuis preſſé ; vous avez un vieux gendre
Qui n'a pas un inſtant à perdre, par malheur.
     Je ne crois pas que l'amour, à mon âge,
       Parle beaucoup en ma faveur ;
C'eſt un arrangement que notre mariage.
Notre intérêt commun en aura tout l'honneur :
Cela ne ſuffit pas ; je crois qu'elle eſt fort ſage :
     Mais il ſe peut qu'un autre objet l'engage.

CLARICE.

En tout cas, je ſaurois commander à mon cœur.

SUDMER.

     Bon ! voilà le même langage
     Que vient de me tenir Darmant.

LE MYLORD.

Darmant !

SUDMER.

     Elle rougit, & je vois clairement. . . .
N'eſt-il pas vrai, chere future ?
Il ſe pourroit par aventure. . . .
Hein ?

LE MYLORD.

     Sudmer, de pareils ſoupçons. . . .

SUDMER.

Pour demander cela, Mylord, j'ai mes raiſons.

LE MYLORD.

Mais Darmant eſt François, & ma fille eſt An-
     gloiſe ;
Elle ne peut l'aimer.

SUDMER.

     Conſéquence mauvaiſe ;
Les

Les François ont toujours l'art de se faire aimer.
   Je les connois pour gens fort agréables,
   Et qui plus est encor , fort estimables ;
Il est tout naturel de s'en laisser charmer.

LE MYLORD.

   Je fais comme ma fille pense ,
Je réponds de son cœur : oui , la reconnoissance
Qu'elle sent , comme moi , de vos rares bienfaits ,
Doit l'attacher à vous tendrement pour jamais.

SUDMER.

   Que parlez-vous de bienfaits , je vous prie ?

CLARICE.

Si ma main doit payer ces généreux secours....

SUDMER.

Je ne vous entends point , & je n'ai de mes jours...

LE MYLORD.

Vous-même m'écrivez ?

SUDMER.

     Point de plaisanterie.

LE MYLORD.

Moi , plaisanter !

SUDMER.

     Vous êtes fou , Mylord ,
C'est depuis quelques jours que je fais votre sort.

LE MYLORD.

Mais cependant la chose est sûre ,
   Et votre lettre que voici ;
Tenez.

SUDMER.

   Que veut dire ceci ?
Ce n'est point là mon écriture.

D

LE MYLORD.

Je le fais bien ; mais votre bras caſſé...

SUDMER.

Je n'ai pas eu le bras caſſé.

LE MYLORD.

Qu'entends-je ?

SUDMER.

Certainement , vous n'êtes pas ſenſé.

LE MYLORD.

Mais liſez-donc, liſez. (*A part.*) Sa tête ſe dérange.

CLARICE.

Aſſurément , je l'ai déjà penſé.

SUDMER.

Je ſuis dans un courroux extrême.
Comment ! quelqu'un a pris mon nom
Pour faire une bonne action ,
Que j'aurois pû faire moi-même ?
Morbleu ! c'eſt une trahiſon
Dont je prétends avoir raiſon.
Et vous avez reçu la ſomme ?...

LE MYLORD.

Oui, d'un banquier.

SUDMER.

Nommé ?

LE MYLORD.

Monſieur Argant.

SUDMER.

Il loge ?

LE MYLORD.

Près d'ici.

SUDMER.

Je vais trouver cet homme.
J'en aurai le cœur net ; je reviens à l'inſtant

SCENE XVIII.

LE MYLORD, CLARICE.

LE MYLORD.

TOUT cela me paroît étrange!
D'où peut venir cette lettre de change,
Et ces autres effets que j'ai déjà reçus ?
Ce n'eft pas de Sudmer ! je demeure confus.
Si ce n'eft pas de lui, c'eft d'un compatriote,
Qui veut m'obliger en fecret.
Tel eft l'Anglois, il cache le bienfait ;
Exactement j'en conferve la note,
Pour m'acquitter de celui qu'on m'a fait ;
Pour un homme d'honneur, c'eft le plus grand
regret
Que de manquer à la reconnoiffance,
Et payer un fervice eft une jouiffance.
Je ferai tant que nous ferons au fait.
Ah ! çà, venons à vous, ma fille :
Sudmer, par fes grands biens, releve ma famille ;
Il vout fait un état certain ;
Vous ne repugnez pas à lui donner la main ?

CLARICE.

Je dois vous obéir.

LE MYLORD.

Vous foupirez, Clarice.

CLARICE.

Oui, mon pere, il est vrai.

LE MYLORD.

Parlez sans artifice,
Parlez avec sincerité.
Ne dissimulez rien.

CLARICE.

M'en croyez-vous capable ?
Je ne sais point trahir la vérité,
Et qui dissimule est coupable.
Je n'ai rien dans mon cœur que je doive cacher
Aux yeux indulgens de mon pere.
Est-il quelque secret, est-il quelque mystere
Que dans son sein je ne puisse épancher ?

LE MYLORD.

A mes desseins vous verrois-je contraire ?

CLARICE.

Non, je veux me soumettre à votre volonté :
En Angleterre un cœur n'est point esclave ;
Le pouvoir paternel est chez nous limité.
Mais ne soupçonnez pas que jamais je le brave.
Périsse cette liberté
Qui des parens détruit l'autorité.
Ah ! je le sens, un pere est toujours pere.
Sur des enfans bien nés il conserve ses droits.
Quand le devoir en nous grave son caractère,
Rien ne peut effacer cette empreinte si chere.
En vain la liberté veut élever sa voix,
Et dans nos cœurs exciter le murmure ;
La loi nous émancipe, & jamais la Nature.

LE MYLORD.

Vous pensez bien ; mais, dites-moi,

Où nous conduit cet étalage ?
Sudmer, vous déplait-il ?

CLARICE.

Non , mon pere, mais...

LE MYLORD.

Quoi ?

CLARICE.

J'épouserai Sudmer , si c'est votre avantage.

LE MYLORD.

J'ai donné ma parole.

CLARICE.

Il aura donc ma foi.
Mais un autre a mon cœur.

LE MYLORD.

Expliquez ce langage ;
Epouser celui-ci , pour aimer celui-là !
Vous vous formez , ma fille , & j'apperçois déjà
Que de ce pays-ci vous adoptez l'usage.
S'il vous plait , rien de tout cela.
Quel est le nom du personnnage ?...
Dites-le moi.

CLARICE.

J'en aurai le courage.
Malgré moi mon cœur s'est soumis.
Les vertus d'un François.....!

LE MYLORD.

Un de nos ennemis !

CLARICE.

Il ne l'est point ; c'est Daimant , c'est lui-même.

D iij

LE MYLORD.

Qu'ai-je entendu ? Ma furprife eft extrême.
Je vois quel eft le but de fes empreffemens,

CLARICE.

Arrêtez. Vos foupçons feroient trop offenfans.
Rien ne m'a jufqu'ici fait connoitre qu'il m'aime :
L'eftime , le refpeɛt font les feuls fentimens
    Qu'il ait ofé faire paroître.
Rien auffi de ma part n'a pû faire connoître
    Le trouble fecret de mes fens.

LE MYLORD.

A la bonne heure. Eh ! bien , puifque je fuis le
    maître ,
Vous aimerez Sudmer , & je l'ai décidé.
    Songez-y bien ; j'ai commandé.

SCENE XIX.

LE MYLORD, SUDMER, CLARICE.

SUDMER.

MA foi ! moi n'y puis rien comprendre.
j'ai vû votre banquier , votre donneur d'argent ;
    Il m'a reçu d'un air fort obligeant.

Mais il bat la campagne,& n'a pû rien m'apprendre.
Il m'a dit feulement qu'en cette maifon-ci ,
Par un valet Anglois je ferois éclairci.

LE MYLORD.
C'eft mon valet, fans doute.

SUDMER.
Il peut donc nous inftruire.

LE MYLORD.
Robinfon !

SCENE XX.

LE MYLORD,SUDMER,CLARICE, ROBINSON.

ROBINSON.

Mylord !

LE MYLORD.
Viens ici.
Il faut tout à l'heure me dire
D'où vient l'argent que tu m'as apporté ;
Ne cache point la vérité ;
Tu fais, dit-on , tout le myftère.

ROBINSON.
Mylord , c'eft d'un de vos amis.

LE MYLORD.
De Sudmer ?

ROBINSON

Oui , la chofe eft claire.

SUDMER.

De moi , Maraud, de moi !

ROBINSON, *à part.*

Me voilà pris.

SUDMER.

Je te furprends en menterie ;
C'eft moi qui fuis Sudmer.

ROBINSON.

Monfieur , j'en fuis charmé.
Comment vous portez-vous ?

SUDMER.

Qui peut avoir tramé
Une pareille fourberie ?
Coquin ! j'ai donc le bras caffé ?
Oh ! je te ferai voir. . .

ROBINSON.

Doucement , je vous prie.
Quoi ! ce n'eft donc pas vous dont le cœur bien
placé. . . .

SUDMER.

Non , non , certainement.

ROBINSON.

Eh ! bien , c'eft donc un autre.

SUDMER.

Qui donc à pris mon nom ?

ROBINSON.

Un nom tel que le vôtre
Doit faire honneur à l'amitié.

LE MYLORD.

De ce complot, le traitre eſt de moitié !
Déclare vîte, où je t'aſſomme.

ROBINSON.

Vous m'allez ruiner.

LE MYLORD.

Comment ?

ROBINSON.

Oui, c'eſt un fait.
De tems en tems, je reçois quelque ſomme
Pour m'engager à garder le ſecret.

LE MYLORD.

Ah ! tu connois donc ?

ROBINSON.

Oui, c'eſt un fort honnête homme,
Qui veut vous obliger, & ſans être connu.
Vous ſavez bien, Mylord, que je ſuis ingénu.
Il m'a ſéduit, & pour lui plaire,
Robinſon eſt fourbe & fauſſaire.
Oui, c'eſt de moi que vient toute l'invention ;
Mais c'étoit, je proteſte, à bonne intention.

LE MYLORD.

En un mot, quel eſt-il ?

ROBINSON.

Eh ! bien, c'eſt, c'eſt... notre hôte.

LE MYLORD.

Darmant !

CLARICE.

Darmant !

LE MYLORD.

L'auteur d'une telle action !
Ah ! malheureux !

ROBINSON.

Je reconnois ma faute.

LE MYLORD.

Tu mérites punition.
Ecoute , aimeroit-il ma fille ?

ROBINSON.

Oh ! point du tout , Mylord ; il n'oseroit.
C'est générosité toute pure qui brille ,
Dans ce que pour vous il a fait.

LE MYLORD.

Vous , Clarice , êtes-vous instruite ?

CLARICE.

Non , je vous jure , & je suis interdite.

LE MYLORD.

Je ne comprens rien à cela !
En vérité , son procédé m'étonne !

SUDMER.

Moi, point m'en étonner ; je le reconnois là :
Et d'avoir pris mon nom , très-fort je lui pardonne.

LE MYLORD , à *Robinson.*

Je te fais grace ; mais ne lui parle de rien.

SCENE XXI.

Les Acteurs précédens, LA MARQUISE, DARMANT.

LA MARQUISE.

LA Paix est sûre, elle est ratifiée.
Je me fais un plaisir de la voir publiée.
   La Paix ! ce mot seul fait du bien :
Elle est de l'Univers le plus tendre lien :
La foule avec transport inonde chaque rue,
Sans être coudoyé, l'on ne peut faire un pas,
   Sans se connoître on se salue,
On parle, on s'interrompt, on ne se répond pas ;
   La joie en tous lieux répandue,
En animant les cœurs, égale les états.

CLARICE.

Ce spectacle est charmant, j'en serois attendrie.

LA MARQUISE.

   Je viens vous chercher tout exprès,
Pour que vous & Mylord examiniez de près
Le pouvoir qu'a sur nous l'amour de la Patrie.
Le vrai contentement déride tous les traits :
La brillante gaité, ce fard de la Nature,
Rajeunit les Vieillards, leur donne un air plus frais ;
D'un coloris si doux la teinte vive & pure

Partout imprime ſes attraits ;
C'eſt le bonheur qui fournit la peinture,
Et le plaiſir dè l'âme embellit les plus laids.
La Marchande dans ſa boutique
Etale ſes colifichets,
Répéte à tout moment, la Paix, la Paix, la Paix !
De Meſſieurs les Anglois j'aurai donc la pratique :
Et ſa petite fille, avec un air comique,
Dit : ah ! Maman, comment c'eſt-il fait, un An-
glois ?
On rencontre plus loin des chanſonniers bien ivres,
Raclant du violon & braillant des couplets,
Bons, excellens, quoique mauvais,
Et qui ſurpaſſent de gros Livres,
Parce que le cœur les a faits.
En un mot, vous verrez que nous autres François,
Notre plus grand plaiſir eſt d'adorer nos Maîtres ;
C'eſt l'Amour qui prend ſoin d'éclairer nos fe-
nêtres.
Le ſentiment, voilà notre premiere loi :
Eh ! qui l'éprouve plus que moi ?
Je danſerai la nuit entiere :
Je donnerai le ton, & ferai la premiere
A bien crier, vive le Roi !

LE MYLORD.

Vous m'enchantez, Madame la Marquiſe :
De mon eſprit chagrin vous changez la couleur ;
Je ſens que la gaité, qui vous caractériſe,
Ne peut ſe rencontrer qu'avec un très-bon cœur.
Darmant, nos Nations ſont reconciliées :
Par vos traits généreux vous m'avez corrigé ;

Et l'amitié furmonte enfin le préjugé :
Que par cette amitié nos maifons foient liées.

DARMANT.

Ah ! Mylord , je vous fuis attaché pour jamais.

LE MYLORD.

Ces fecours détournés qu'avec tant de nobleffe
Vous m'avez fû fournir par des moyens fecrets ,
Pour ne point faire ombrage à ma délicateffe ,
Je les acquitterai bientôt grace a la Paix :
Mais mon cœur en paîra toujours les intérêts.

DARMANT.

Daignez me regarder comme de la Famille.

LE MYLORD.

Monfieur, pour vous marquer combien vous m'ê-
    tes cher ,
    Vous fignerez le contrat de ma Fille,
    Que, dès ce foir, je marie à Sudmer.

LA MARQUISE, *riant.*

A cette faveur - là mon frere eft bien fenfible.

DARMANT , *à part.*

O Ciel !

LE MYLORD.

    Darmant foupire , & la Marquife rit !
Mais cela n'eft pourtant ni trifte , ni rifible.

LA MARQUISE.

Mais c'eft que mon cher frere eft fot , fans con-
    tredit :
Je m'y connois ; tenez , admirez la ftatue !

DARMANT, *à part.*

Ma sœur.

SUDMER.

Mais en effet, lui paroître interdit.

LA MARQUISE.

C'est qu'il est amoureux de votre Prétendue ;
Mais grave soupirant, discret, silencieux,
Le respect a toujours étouffé sa parole,
    Et tristement comme une idole,
Son amour n'a jamais parlé que par ses yeux.

SUDMER.

Mylord, je pourrois faire une grande sottise
D'épouser votre fille : elle est fort à ma guise ;
Mais, Monsieur, pourroit bien être à la sienne aussi ;
    Un petit peu, n'est-ce pas ? Hein ? Je pense,
    Et je vois que, dans tout ceci,
Mon rival doit, au fond, avoir la préférence.
Sous mon nom il a sçu saisir l'occasion
D'avoir pour vous, Mylord, un procédé fort bon :
    Si je deviens le mari de Clarice :
Il est homme, peut-être, à rendre encor service :
Je suis accoutumé d'être son prête-nom.

LE MYLORD.

Darmant, je vous prends pour mon gendre.

CLARICE.

Ah ! mon pere.

DARMANT.

    Ah ! Monsieur, en cet heureux instant,
    Que j'ai de graces à vous rendre !
Je suis de l'Univers l'homme le plus content.

SUDMER.

Cette alliance eſt fort bien aſſortie.

DARMANT.

Ma ſœur , en même-tems , devroit
Conſentir à vous être unie ;
Ce double hymen ne laiſſeroit
Aucun ſoupçon d'antipathie.

LA MARQUISE.

Je craindrois que Mylord ne fut triſte & jaloux.

LE MYLORD.

La propoſition , il eſt vrai , m'intimide ;
    Mais cependant , Madame , croyez-vous
Qu'une Françoiſe , ayant l'eſprit vif & rapide ,
Puiſſe y joindre en effet , par un accord bien doux ,
    Un caractere aſſez ſolide
Pour faire conſtamment le bonheur d'un époux ?

LA MARQUISE.

Avant que de répondre , en faiſant mon éloge ,
Souffrez , de mon côté , que je vous interroge.
Croyez-vous qu'un Anglois , qui toujours réfléchit ,
En prenant une femme aimable & vertueuſe ,
Ait aſſez de douceur , de liant dans l'eſprit
Pour la rendre conſtante en la rendant heureuſe ;
Pour qu'elle s'applaudiſſe , enfin , d'être avec lui ?
On ne peut guère avoir une femme fidelle ,
    Qu'en attirant l'amuſement chez elle.
Le manque de vertu vient quelquefois d'ennui.

LE MYLORD.

Marquife, courons-en les rifques l'un & l'autre;
Vous verrez un amant dans un époux foumis ,
Et quand la Paix confond ma Patrie & la vôtre ,
        Tous mes préjugés font détruits.

SUDMER.

Daignez, mon cher Darmant, en cette circonftance,
Me foulager du poids de la reconnoiffance :
Je fens que je fuis vieux, je me vois de grands biens;
Je n'ai point d'héritier, foyez tous deux les miens...
Point de remercimens, ce feroit une offenfe.
Si je vous fçais heureux , mes amis, c'eft affez :
        C'eft vous, c'eft vous qui me récompenfez ;
Mais j'entends retentir les cris de l'allegreffe :
        Courons tous : le plaifir du cœur
        S'augmente encor par le commun bonheur.

LA MARQUISE.

        Mylord , j'en pleure de tendreffe ;
Le courage & l'honneur rapprochent les pays;
Et deux Peuples égaux en vertus, en lumieres ,
De leurs divifions renverfent les barrieres ,
        Pour demeurer toujours amis.

DIVERTISSEMENT.

DIVERTISSEMENT.

ON entend une Symphonie & des acclamations qui annoncent une Fête publique.

Le Théâtre repréfente la vue du Port de Bordeaux. On voit des Vaiffeaux ornés de Guirlandes & de Banderoles. Des Peuples de différentes Nations exécutent une Fête. Anglois, François, Efpagnols, Cantabres, Portugais, &c. caractérifés par des habits Pittorefques, compofent diverfes danfes variées à la mode de leur pays, au bruit des falves d'Artillerie. On chante ; toutes les Nations s'embraffent ; la Fête fe termine par un Ballet général.

RONDE.

FIN

la Paix : Ce jour eſt le jour des bien-faits.

Nos maux fi- niſſent, Nos cœurs s'u- niſſent,

Vivons en freres : Ja- mais de guerres :

Que le Fran-çois devienne Anglois ; Et l'An-

Mineur.

glois, Fran- çois. Au Chœur. Par nos ac-

cords, Par nos tranſports, Nous donnons un é-

xemple au Monde : Peuples di- vers : De

l'U-ni- vers, Ve-nez dan- fer en Ron-
de. Au Chœur. Nous a- vous é-touffé la
haine ; une é- gale ardeur nous en- traîne.
Embraffons-nous ; Embraffons- nous ; Le même
nœud nous u- nit tous. Formons u- ne
chaîne Qui dure à ja- mais. Au Chœur.

VAUDEVILLE.

VOici le jour de l'alle- greffe, Le plus beau

de nos jours ; Plus de fou- cis, plus de trif-

teffe : Regnez, Plai-firs, A-mours ; Chaçun ré-

pete a-vec i- vreffe Ce mot fi cher, fi

plein d'at-traits : La Paix, la Paix ; La

Paix, la Paix.

Gens à Manteau , Gens de Finance ,
Nous gémiſſons pour vous ;
Nos Officiers par leur préſence
Vont vous éloigner tous :
Le mal n'eſt pas ſi grand qu'on penſe :
Si vous voulez être diſcrets ,
Eh ! Paix , Paix , Paix !
La Paix , la Paix.

Ne ſoyez plus , Sageſſe auſtere ,
En guerre avec l'Amour ,
C'eſt un enfant, laiſſez-le faire :
Paſſons-lui quelque tour.
Eſt-ce le tems d'être ſévere ,
S'il lance en cachette ſes traits ?
Eh ! Paix , &c.

Accourez tous près de vos Belles ,
Volez , Guerriers , Amans ,
Elles vous ſont toujours fidelles ,
Croyez-en leurs ſermens :
Conſolez donc vos Tourterelles ,
Mais ſans demander leurs ſecrets.
Eh ! Paix , &c.

Laiſſons la fraude & l'artifice;
　Terminons tous procès;
Venez ici Gens de Juſtice,
Et ſuſpendez vos frais.
Pour que chacun ſe réjouiſſe,
Avocats, laiſſez le Palais:
　　Eh! Paix, &c.

Pourquoi toujours s'entredétruire,
　Sçavans & beaux eſprits,
Tout céderoit à votre empire,
　Si vous étiez unis:
Vous vous livrez à la ſatyre,
N'avez-vous pas d'autres objets?
　　Chantez la Paix,
　　Chantez la Paix.

Un mari, pour une griſette,
　Néglige ſa moitié:
Sa femme, tant ſoit peu coquette,
　A fait une amitié.
De part & d'autre l'on ſe prête,
On n'approfondit point les faits.
　　Eh! Paix, &c.

LE MYLORD, *à la Marquise.*

Plus entre nous d'antipathie :
  Vous avez trop d'attraits.
Toute raison n'eſt que folie,
  Quand elle eſt dans l'excès.
Femme d'eſprit, femme jolie
Ramene à des principes vrais.
    Allons, la Paix, &c.

Faiſons revivre l'harmonie
  Du commerce & des arts,
Et que la paix toujours chérie
  Regne de toutes parts.
Ne faites plus qu'une patrie,
Eſpagnols, Anglois& François.
    Eh ! Paix, &c.

SUDMER.

Galans barbons qu'Amour inſpire,
  Ne tentez point le ſort ;
Le vent nous manque, & le navire
  N'ira pas à bon port.
Je ſens qu'Amour voudroit me dire
Que Clarice a beaucoup d'attraits.
    Hein ... quoi ? ... oui ... mais...
    Allons, mon cœur, la Paix, la Paix.

Jugez de cette bagatelle
    Seulement par le cœur,
Et ne nous faites point querelle.
    Partagez notre ardeur.
Vous le fentez ; c'eft notre zèle
Qui peint l'amour de tout François.
    Et Paix , Paix !
    Meffieurs , la Paix.

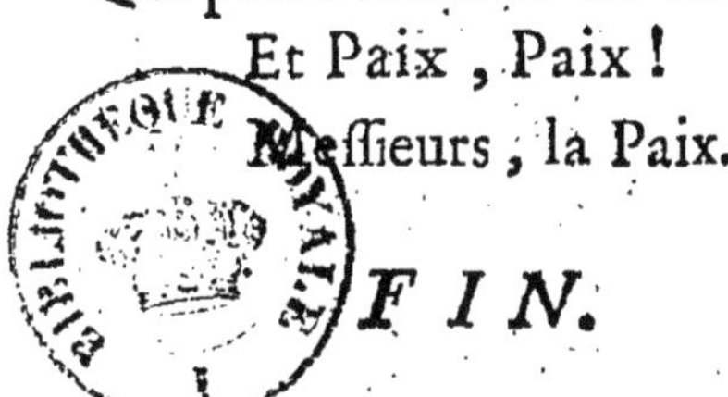

F I N.

Théâtre & Œuvres de M. Favart, avec figures, & Mufique
à chaque Piece, 8 vol. in-8°, 1763.   reliés, 40 li

APPROBATION.

J'Ai lû par ordre de Monfeigneur le Chancelie
l'*Anglois à Bordeaux* , & je crois que cet
Comédie écrite avec efprit & avec facilité, méri
le fuccès dont elle jouit. A Paris ce 15 Mars 176
                MARIN.

*Le Privilége général des Œuvres de M. Favart, enreg
tré à la Chambre Syndicale , N°. 521. fol. 356. fe tro
aux Œuvres de l'Auteur en 8 vol. in-8°.*